coordenação editorial
Sálvio Nienkötter

editor executivo
Daniel Osiecki
Raul K. Souza

editora-adjunta
Isadora M. Castro Custódio

capa | projeto gráfico
Paula Villa Nova

produção
Cristiane Nienkötter

Dados Internacionais de Catalogação na Publicação (CIP)
Angélica Llacqua CRB-8/7057

Abrão, José Alfredo Santos
Procurando Pessoa| José Alfredo Santos Abrão
Curitiba: Kotter Editorial, 2020.
84 p.

ISBN 978-65-86526-07-3

1. Ficção brasileira I. Título "Procurando Pessoa"

CDD B869.3

20-2054

Kotter Editorial
Rua das Cerejeiras, 194
82700-510 | Curitiba/PR
+55 41 3585-5161
www.kotter.com.br | contato@kotter.com.br

1ª edição
2020

PROCURANDO PESSOA

José Alfredo Santos Abrão

novela inspirada na
rumorosa trama 'suicida',
armada em Portugal pelo místico
Aleister Crowley em parceria
com o poeta Fernando Pessoa
em 1930

Ao professor Fernando Segolin,
de tão boa memória, com a plena
gratidão de quem teve com quem
aprender

Prefácio

São três personagens muito especiais.

O primeiro é Fernando Pessoa. Estelar. Maior poeta de Portugal. Só ele, ou ele junto com Camões. Como preferirem. Tantas vezes definido por seus devotos, aleatoriamente, como *um anjo marinheiro, um desconhecido de si próprio, um estranho estrangeiro, um estrangeiro lúcido de si mesmo, um homem que nunca existiu, um sincero mentiroso, um insincero verídico, esfinge propondo o enigma, narciso negro, labirinto, sistema solar infinito, galáxia, poeta da depressão, poeta da mansarda, poeta da hora absurda.* "Homem do Inferno", como na curiosíssima definição de Eduardo Lourenço, "se acreditarmos em Dante" (*Fernando Pessoa, Imperador da nossa Baviera*). Em todos os casos compreendendo que a dimensão da obra excede este "barco abandonado, infiel ao destino" que é sua vida, como reconhece o próprio Pessoa (*Desassossego*). O mesmo que, ao longo de sua existência, foi africano, alemão, brasileiro, francês, inglês e português; monárquico e militante republicano; decifrador, filósofo, geógrafo, jornalista e louco; clínico geral, psicólogo e psiquiatra; homem, mulher e espírito; aristocrata, imperador romano, mandarim, marajá e paxá; adivinho, alquimista, astrólogo, bruxo, panfletário e especialista em capoeira; guarda-livros, pagão, cristão-novo, reverendo, Sir, gente do povo e o menino de sua mãe. Assim, em todos esses e muitos outros rostos, se contando um pouco da história desse homem infeliz que sonhou ser tantos – e não conseguiu, sequer, ser ele próprio. O gênio e a liturgia do fracasso.

O segundo personagem, assim o definiu Pessoa (numa carta), é "o poeta, mago, astrólogo e *mistério* inglês que em vulgar se chama (ou chamava) Aleister Crowley". Edward Alexander Crowley era filho de um cervejeiro da Irmandade de Plymouth (seita cristã dissidente da Igreja da Inglaterra) e de uma beata meio estúpida, que vivia sempre irritada com esse rebento, que considerava a própria Besta. A *Bíblia* foi o único livro que lhe deram para ler, na infância. Era conhecido por muitos nomes: Allick, Anticristo, Bruxo de Thelema, Conde Vladimir, Diabo, Lord Bolekine, Master Therion (nos livros), Perdurabo, Svareff ou, simplesmente, 666 – este último, em clara referência ao apocalipse canônico. Ainda criança, Crowley cuspia na água benta e martirizava moscas para desafiar Deus. No Oriente, consta que matou um indígena para beber seu sangue e sentir o prazer de gosto até então para ele desconhecido. Era dado aos excessos sexuais, ao álcool e às drogas (cocaína, heroína, mescalina). Com tantos predicados chegou, pelos jornais britânicos, a ser considerado *O pior homem da Inglaterra*. E, pelos franceses, um *Rasputin inglês*. Nas ordens iniciáticas, assume a divisa de S. Rabelais, *Do what will shall be whole of law* (em tradução livre, "A única lei é fazer o que se quer"). Não foi feliz nos empreendimentos que tentou. Para fugir dos credores, pela falência de sua editora Mandrake Press, acabou indo residir na Alemanha. E voltou, só bem depois, para a Inglaterra – onde, já esquálido, com a cabeça raspada e uma barbicha branca, sobrevivia fazendo horóscopos. Ou vendendo pílulas de um elixir da vida confeccionadas com seu próprio sêmen. Os últimos anos passou em sua terra natal, Hastings. Pobre e quase sem amigos. Em 1° de dezembro de 1947, pronunciou suas últimas palavras, *Eu estou perplexo*, após o que morreu, afinal, com bem mais que os 55 anos que tinha no tempo de seu *suicídio.* E, mais tarde, ainda teria sua foto estampada na capa de um dos discos dos Beatles — *Sgt. Pepper's Lonely Hearts Club Band*, de 1967.

O terceiro personagem é José Alfredo Santos Abrão, roteirista, romancista, escritor premiado. Com talento reconhecido nacionalmente. E que aproveita um encontro real entre aqueles dois primeiros personagens, em 2 de setembro de 1930, no porto de Lisboa. O suposto *suicídio* de Crowley se daria pouco depois, em 25 do mesmo mês, no Mata-cães de Cascais. Numa trama macabra, que envolveu os dois já citados personagens. E mais um amigo, Augusto Ferreira Gomes, para quem Pessoa escreveu prefácio de um livro messiânico (*Quinto Império*). Também uma jovem desmiolada e atraente, Hanni Jaeger, amante de Crowley que seduz Pessoa. Em rascunho deixado na Arca, Pessoa compara seus "seios altos", com "duas montanhas que amanhecem". Nas cartas que escreveu para nosso poeta, ela dizia *You are wonderful* (Você é maravilhoso). E assinava *Anu.* Não um diminutivo de Hanni mas, como ela própria insiste em dizer, a área anatômica preferida por seu amante. O ânus. Ainda o implausível amor de Fernando Pessoa, Ophelia Queiroz, que mereceu seu primeiro beijo quando ele já tinha 32 anos. Um médium londrino, A. V. Peters. A Scotland Yard. E a imprensa de Lisboa. A partir de ingredientes exóticos, entre tantos personagens instigantes, as mãos hábeis de José Alfredo Santos Abrão tecem uma trama inventiva. E muito bem articulada, nessa novela que vai prender o leitor, desde o começo e até a última página. Em resumo, literatura de primeira qualidade.

José Paulo Cavalcanti Filho

0

Tarde de outono, tempo fechado e a tristeza de sempre – o pretexto de sempre para se fazer poesia. Mas nosso poeta não está para versos; caminha pelo cais do porto muito angustiado, talvez arrastando sua amada Ophelia em platônico pensamento, talvez revirando outras cismas amorosas, ou mesmo remoendo frustrações diversas – de qualquer forma, anda tenso rumo ao encontro que acontece daqui a pouco, muito a seu contragosto. Seus passos contra o vento mostram uma certa pressa, conformando uma precisão quase militar a cada passada, como numa marcha forçada, decidido a cumprir um dever. Sua figura é magra, franzina, acabrunhada debaixo do chapéu e do sobretudo cinza. Tudo nele é cinza, incluindo cabelo e bigode grisalhos; um cinza variado em tons expressionistas, sim, mas cinza. E o cenário em torno também é todo gris, com esse céu pedrento e as paredes desbotadas das velhas docas ao fundo. Na verdade, me incomoda um pouco esse seu retrato assim, cinza sobre cinza, e ainda mais essa sua persistência em ser um ser entre tanto cinza, em sua existência cinzenta... Mas, o que fazer? Sou só um anjo à toa, talvez uma versão velada desse poeta, às vezes pela luz, às vezes pela sombra; mais adiante você vai entender melhor.

1

Logo que adentra o escritório da companhia de navegação, o poeta percebe a notícia que buscava, marcada a giz numa grande lousa na parede ao fundo, comunicando o atraso na chegada do navio: '1° de Setembro de 1930 – RMS Alcantara retido em Vigo por denso nevoeiro – chegada ainda imprevista.' Suspira, encara o revés com expressão abatida e sai do escritório, de volta à tarde cinza do cais; vai ainda mais contrariado, carregando a perspectiva de uma espera indefinida, e segue até um bar bastante movimentado, onde se misturam passageiros da classe popular, marinheiros, estivadores, agentes portuários – além de uns tipos inclassificáveis, como ele. Nosso poeta se senta numa mesinha apertada, entre uma janela emperrada e uma divisória de madeira um tanto vergastada, pede uma bebida destilada e procura manter a necessária serenidade, em meio a tanto ressaibo girando em sua mente: *E esse atraso, agora!?... Quando será a chegada do diabo do inglês?... Quanto tempo dura um nevoeiro? Eis a questão: quanto tempo há de durar um nevoeiro, se eu o queria permanente? Melhor adiantar uns tragos, para não pensar muito no assunto.*

Ao perceber o entorno quase imediato a cada dose servida, um garçon rotundo e discreto passa a abastecer o copo do poeta com presteza, enquanto ele decerto segue maquinando suas obsessões, com a mente meio à deriva: pensa em Ophelia, pensa no destino, ensaia na cabeça um poema sobre a contrariedade... Mas se controla e mantém a compostura de normalidade, como se apenas existir lhe soasse simples, lhe fosse coisa natural. Acontece que não é, nem um pouco. Existir em meio à mesquinharia do mundo lhe desassossega de todo; o poeta e a realidade são como entes inconciliáveis, desde sempre... De tal modo que já deve estar cogitando escalar o alter ego mais conveniente para essa ocasião, ou seja, deve estar escolhendo algum de seus heterônimos para poder interpretar o sentimento, para poder lidar com a experiência de agora – pois, como se sabe, nosso cinzento Fernando Pessoa criou dezenas de 'outros eus', variações de si mesmo que expressam sua imensa multiplicidade (três deles aparecem com maior frequência, entre os mais de cem heterônimos conhecidos, conforme levantamento muito posterior de um acurado pesquisador pernambucano).

Nesse momento de angústia portuária, creio que Pessoa vai apelar a seu personagem médico, a seu heterônimo clínico, um fleumático monarquista chamado Ricardo Reis, autoexilado no Brasil – sua versão mais neoclássica e por isso mais formalista, capaz de conjugar ideias e sentimentos numa solução mais adequada ao momento... seria, talvez, seu outro-bardo-em-si-mesmo mais oportuno para lhe ajudar a entrar nos eixos, alinhando corpo e mente e espírito; este poema de sua autoria resume bem sua pegada, seu estilo:

Para ser grande, sê inteiro: nada
Teu exagera ou exclui.
Sê todo em cada coisa. Põe quanto és
No mínimo que fazes.
Assim em cada lago a lua toda
Brilha, porque alta vive.

2

Quase 300 milhas ao norte de Lisboa, no mar de Vigo, o navio Alcantara continua ancorado em meio ao denso nevoeiro. É madrugada, está tudo estático no convés enevoado, e o mar mais parece um lago de montanha, sem sequer uma ondinha batendo no casco. Os únicos ruídos que se ouvem vazam de uma escotilha, desde o que parece ser uma farra em cabine luxuosa; se formos indiscretos o suficiente para espiar lá dentro, veremos Aleister Crowley e Miss Jaeger se divertindo num jogo de sedução meio bizarro, como convém ao lendário mago britânico. Vestindo uma exótica túnica de bruxo, esse coroa corpulento e libertino derrama sobre a pele da linda e loira mocinha pequenas gotas de cera de uma vela vermelha, que clareia em closes as partes de seu corpo nu, muito alvo, quase transparente, provocando na rapariga espasmos que parecem miados, gemidos da mescla de dor e prazer... Crowley ri gostoso, sentindo a satisfação dos sádicos bem resolvidos, que sabem como acariciar uma moça masoquista. E começa a recitar um trecho de seu poema Hino à Pan, aqui traduzido ao português em versão de seu correspondente luso, ele mesmo, Fernando Pessoa:

Vibra do cio sutil da luz,
Meu homem e afã!
Vem turbulento da noite a flux
De Pã! Iô Pã!
Iô Pã! Iô Pã! Do mar de além
Vem da Sicília e da Arcádia, vem!
Vem como Baco, com fauno e fera
E ninfa e sátiro à tua beira,
Num asno lácteo, do mar sem fim
A mim, a mim!

Reparando melhor no interior da cabine, vemos uma bem composta cena de luxúria: entre cartas de tarô, velas variadas e uns ícones místicos, o casal se diverte com as gotas da cera quente entre tragos de champanhe, além de alguma droga fumacenta – na minha inocência de anjo, nem imagino qual seja... De repente, o mago Crowley pega todo o maço de seu tarô, bem desenhado em requintada estética esotérica, arma um leque largo e redondo e joga todas as cartas para cima; elas esvoaçam com graça, provocando mais uns miados de Miss Jaeger, que sente uma delas pousando na lisura de sua bunda... Crowley pega essa carta, repara bem na imagem e faz suspense. A moça tenta tomar de sua mão, mas ele não cede – até que, com uma expressão meio cismada, meio misteriosa, mostra a ela a lâmina dezesseis, 'A Torre', emendando o seguinte comentário: *Se não for um desastre total, essa viagem vai virar nossa trama mais genial.*

3

Depois de algumas horas de sono – primeiro no bar, depois em casa – nosso poeta passa o tempo alternando entre descargas de versos repentinos (como se fossem psicografados) e o desenho de uma carta astrológica, que elabora de presente para um velho amigo. Porém, por mais que aproveite o tempo, não consegue deixar de se sentir um inútil, num mundo em que se acha cercado por infinitas inutilidades. Pessoa sai à noitinha para tomar outros tragos, volta muito tarde para sua casa e acaba dormindo mal. Na manhã seguinte, acorda com alguma ressaca; se apressa para uma nova investida no cais do porto, com receio de se atrasar à chegada do tão atrasado navio.

No meio de uma manhã levemente ensolarada, o poeta está de volta ao cais; procura notícias sobre a chegada do RMS Alcantara, quando percebe a enorme embarcação já atracada no tertminal de passageiros. Pessoa se aproxima, se posiciona perto do pontilhão e, pouco tempo depois, consegue avistar a mais extravagante parelha a bordo, chamando muita atenção na fila de desembarque: elegantes e sorridentes, por trás de seus enormes óculos escuros, Crowley e Jaeger vêm vindo de braços dados. O português tenta melhorar seu aspecto, arrumando uma expressão mais simpática, para dar uma impressão hospitaleira – mas seus pensamentos o traem, pois não condizem em nada com esse sorriso armado em seu rosto: *Lá vem o inglês doidão e sua dama; um místico admirável, um ente extemporâneo, em todos os sentidos, mas... O que é que eu faço com esse sujeito aqui, em Lisboa? O gajo é ainda mais louco do que eu...*

Crowley reconhece Pessoa e, antes mesmo de se apresentar, faz sua primeira surpresa: começa a declamar de cor alguns versos, entre os tantos a ele enviados pelo poeta – em alto e bom tom, no maior entusiasmo:

Ó mar salgado, quanto do teu sal
São lágrimas de Portugal!
Por te cruzarmos, quantas mães choraram,
Quantos filhos em vão rezaram!
Quantas noivas ficaram por casar
Para que fosses nosso, ó mar!
Valeu a pena? Tudo vale a pena
Se a alma não é pequena.

4

Pessoa se sente partido ao meio, premido entre o desconforto da situação e um orgulho quase incontível; mas segue imerso em sua síndrome de anfitrião contrariado; afinal, não leva o menor jeito para lidar com personalidades, ainda mais com uma estrela esdrúxula como Aleister Crowley. Para se ter uma ideia de seu constrangimento na situação, vale lembrar a descrição desse encontro pelo escritor João Gaspar Simões: 'Em terra, um Fernando Pessoa transido e tímido vê avançar para ele um homem alto, espadaúdo, envolto numa capa negra, cujos olhos ao mesmo tempo maliciosos e satânicos o fitam repreensivamente'.

Há que se levar em conta que o mago inglês é performático; tanto que, logo depois desse 'climão', ele brinca para aliviar o visível desconcerto do português: *Então, que história foi essa de me mandar um nevoeiro lá em cima!?...* Pessoa até que se sai bem na resposta: *Ora, quem me dera, 'sir'; quem sou eu para governar os humores de Netuno?...* E assim o encontro começa a ter um tom mais cordato: *Muito prazer, meu caro, sou Aleister Crowley, seu admirador à distância... Esta é minha assistente, Miss Hanni Jaeger – mais conhecida nos círculos esotéricos como a Mulher Escarlate.*

Mais à vontade com a receptividade do casal, Pessoa faz questão de mencionar sua estima pelas obras de Crowley, bem como seu encanto pela alemãzinha. Na verdade, é um elogio sincero; de imediato, nosso poeta sente muita atração pela beleza – e até pela estranheza – daquela mulher. Por sua vez, ela percebe o fraquejo do gajo e se envaidece, enquanto o mago se diverte com o trânsito de olhares furtivos.

O trio embarca num táxi a caminho do hotel de L'Europe, na praça Luís de Camões, com Pessoa se sentindo bem melhor entre os viajantes; Crowley lhe é todo atencioso: *Fernando, quero agradecer, agora pessoalmente, por sua correspondência – pela delicadeza de me enviar sua observação tão apurada sobre os dados de meu mapa astral... Seu conhecimento de astrologia me impressiona sobremaneira, meu caro – tanto que fiquei curioso em saber como foi sua iniciação...* Mesmo se sentindo lisonjeado, Pessoa não deixa de ser modesto: *Ora, 'sir', não sou exatamente um iniciado, sou mais um curioso; desde minha juventude em Durban, sou alguém que fuça sozinho os livros, as revistas e o que mais lhe cai aos olhos ou às mãos... Mas o senhor sim, tem sido inspiração constante em meu caminho, com sua doutrina bem fundamentada na gnose, seu paganismo assumido, sua coragem de enfrentar os dogmas da igreja, a hipocrisia da sociedade...* Já a resposta de Crowley vem em outros tons, com carregada soberba e despachado tom de desprezo: *Ah, as crenças vãs da sociedade burguesa!... O credo cristão, o temor do inferno, o desespero crônico dos 'fiéis' – tudo nesse mundo contribui para contaminar a mente do cidadão comum, intoxicando sua alma escrava e o mantendo em condição degradante, condenado a ser mais uma cabeça de gado em meio ao imenso rebanho humano, atolado até o pescoço no excremento geral das 'regras' mundanas... Submisso pela culpa, atado pela repressão do desejo, preso pela sublime ilusão de salvar sua alma aflita no juízo final, esse coitado integra, afinal, uma enorme legião de oprimidos, chafurdando na mais abjeta mediocridade.*

Como um quase cavaleiro templário, Pessoa sente um certo desconforto com o exagerado desdém do mago inglês pela condição humana, sem a menor compaixão, e tenta amenizar a coisa a seu modo: *Sir Crowley, esse mundo é mesmo feito de coisas mesquinhas; mas, mesmo em sua miséria, haverá um meio de se fazer a vida valer a pena – até porque não há outra vida, outro mundo...* Ao que Crowley responde com um comentário seco, em tom lúgubre: *Você acha, é?...* Miss Jaeger surpreende a ambos, repetindo o verso pessoano: *'Tudo vale a pena, se a alma não é pequena'.*

Como se flutuasse no assento dianteiro do táxi por uns segundos, Pessoa encara a moça com fascínio; quando se recompõe, comenta a coisa meio sem graça, meio sem jeito: *Interessante saber que, além de tão bela, Miss Jaeger aprecia o enlevo de nossa poesia...* Ao que ela responde com sua face mais enigmática: *Sim, um verso luminoso e delicado às vezes me toca fundo; mas prefiro os poemas mais obscuros, mais dilacerantes... Me alimento deles, pois toda dor me diverte.*

5

Enquanto Pessoa ruboriza, Crowley se regozija com o comentário da loira fatal: *Minha Mulher Escarlate, minha maga favorita, meu demônio transparente, recheado de delícias...* Jaeger se assanha com o chamego contido no tom de voz do mago, e encosta os quadris bem perto dele; Pessoa se sente inibido com a sensualidade exposta da dupla anglo-saxã, e prefere tergiversar: *Uns dias de descanso no Estoril, com certeza, lhes farão muito bem... No outono, o sol suave das praias lusitanas ameniza dores de toda ordem...* Crowley não cede à conversa amena, e segue maliciando: *Descansar? Pois sim! Essa deusa não me dá nenhum descanso, Fernando...* O poeta bem que tenta disfarçar, mas seu crescente desejo, com sensíveis sinais de excitação, lhe desconcerta ainda mais. E o casal esotérico nem se importa; continua trocando charmes, carícias e expressões sacanas, como se não houvesse ninguém no carro.

No entanto, quando chegam na entrada do hotel, enquanto um velho capitão porteiro desloca as muitas malas do bagageiro para um carrinho, Miss Jaeger sente um estranhamento, um transtorno geral; de repente, começa a encarar a todos com total desconfiança – e sem mais se precipita, desarvorada, para dentro do saguão do hotel. Aleister Crowley, entre contrariado e preocupado, coça a cabeça com suas unhas compridas e comenta: *Com todos os demônios! Parece que a nossa maga já está recebendo sinais; mais tarde, certamente, teremos 'visitas'*... Pessoa perde o 'rebolado', começa a sentir uma desordem térmica, seu tique nervoso mais imediato; tira o lenço do bolso, seca a testa e tenta ser – ou parecer – solidário: *Posso ajudar em alguma coisa?*... Crowley dispensa o auxílio de pronto: *Por enquanto, é melhor que a gente deixe estar; antes de mais nada, é preciso saber 'quem' está por trás disso... Mais tarde entro em contato contigo, meu caro amigo. Nossa Mulher Escarlate atravessa uma fase de muita alteração, com intenso assédio de maus espíritos; por ora, te agradeço a gentileza.*

Super preocupado, o mago lhe abraça e então entra no saguão do hotel; Fernando Pessoa, quase estupefato, ainda ouve os ecos de Aleister Crowley aos berros, chamando pela maga... Nosso poeta só emite um suspiro de espanto, para fechar a cena: *Homessa!*...

Só lhe resta retornar à solidão de sua casa, ainda mais perplexo do que antes.

6

Solitário em sua sala, envolto num 'robe-de-chambre' cinzento, Fernando Pessoa tenta se aquietar; mas vai fumando um cigarro atrás do outro, toma uns tragos entre livros e anotações, até que alguém lhe chama da entrada da casa. Vai até a janela e vislumbra Aleister Crowley diante do portão, entre sombras; o mago parece ansioso, estranho, excitado. O poeta lhe convida a entrar e, quando pergunta o que houve, ouve um apelo em tom clemente: *Meu caro, preciso muito da sua ajuda; nossa maga teve uma crise terrível... Chegou a ameaçar suicídio! Tentei lhe aplicar um calmante e, para mudar de ares, antecipamos nossa mudança para o hotel na praia do Estoril; mas lá ela teve outra crise e escapou – sumiu na noite... Temo pelo pior, meu caro...* Embora tenso com a situação, Pessoa não consegue deixar de pensar naquela mulher como uma musa a quem deseja muito, misturando seus atributos: *Mas, como pode!? Uma mulher tão admirável – inteligente, envolvente, sensível...* Crowley abrevia seu devaneio poético: *E completamente paranoica... Imagine! Ela cisma com o espírito de um certo mago nigeriano, que há tempos a estaria 'perseguindo' por onde vá, especialmente durante as madrugadas... Hanni é maníaca, Fernando, e sempre acaba entrando em crises de pânico. Já tentei de tudo, nem sei mais o que fazer...* Pessoa arrisca uma hipótese sensata: *Ela deve ser medium, decerto...* Mas Crowley prefere insinuar outra coisa: *É bem mais sério do que isso, acredite; nossa Mulher Escalate reencarna a... Bem, antes de entrar nesse assunto, o que é que você está tomando, hein?*

Constrangido, o poeta lhe oferece uma dose de absinto; o mago toma um trago e se anima a expor um plano, assumindo ares conspiratórios, malévolos mesmo: *Fernando, durante a viagem, andei pensando numa armação fantástica, para a qual preciso da sua parceria – ou melhor, da sua cumplicidade... Eu e você vamos fazer algo notável, que vai abalar Portugal e talvez a Europa inteira!...* Eles se sentam para conversar mais à vontade; o poeta segue meio assustado, mas procura parecer o mais vivamente interessado; Crowley sente que pode enredar o amigo, e se anima a valer: *Preste atenção; o mote de toda essa trama será a simulação de um suicídio – o meu suicídio...* Incrédulo, o português responde com um 'ora pois' bem lusitano, enquanto o inglês avança com seu estratagema: *O sinistro será armado na Boca do Inferno... Conhece?*

7

Pessoa e Crowley seguem de táxi numa estrada da região de Cascais, a caminho da Boca do Inferno – uma impressionante falésia à beira-mar, formando um enorme buraco com ondas violentas. Com o sol quase nascendo, o motorista estaciona e a dupla lírico-esotérica desembarca, admirada com aquele cenário geográfico. O geminiano Pessoa oscila entre excitação e desconfiança, enquanto o libriano Crowley está eufórico: *Magnífico! Vale a pena desaparecer do mundo nessa cripta trágica, onde a terra engole o mar em sua fúria!...* Pessoa emenda com conhecimento de causa: *Não será o primeiro, sir, e nem o último – isto é um sumidouro de almas...* Crowley mal lhe escuta; está todo determinado, e começa a detalhar a operação: *Vamos ao plano. Vou escrever um bilhete de suicida, dando conta de meu amor não correspondido por Miss Jaeger...* Pessoa fica logo intrigado pelo aspecto sentimental da coisa: *E isso teria um real fundamento?...* Crowley sorri meio malévolo, até pela platitude do poeta: *Digamos que 'em parte'... Essa Mulher Escarlate nunca se entrega na medida da paixão que desperta, de modo que...* E aí o inglês muda o tom, como quem faz uma confissão: *Trate de ficar bem atento, Fernando, ela é capaz de lhe procurar... É louca o bastante para isso!...* Ao considerar a possibilidade, Pessoa quase deixa transbordar seu desejo: *Louca o bastante, é?...* Crowley percebe que o amigo mordeu a isca, e segue expondo seu plano: *Sim, meu caro, mais do que se pode imaginar; mas agora preste atenção no esquema... A ideia é a seguinte; vou deixar um bilhete de suicida, que você vai encontrar 'por acaso' aqui, na Boca do Inferno, junto da minha emblemática cigarreira...* Crowley mostra sua cigarreira de prata, cravada de signos místicos, que chama muito a atenção de Pessoa; depois o mago saca do bolso um papel tipo vegetal, que parece escrito à pena de nanquim, e o entrega ao poeta. Intrigado, Pessoa confere a estranha anotação de Crowley: 'Ano 14, Sol em Libra. Não posso viver sem ti. Outra Boca do Inferno vai me apanhar. E não será tão quente como a tua. Hisos! Tu Li Yu'.

Crowley só acrescenta, olhando no fundo de seus olhos: *Compreende?...* A conversa do mago interessa demais, mas ao mesmo tempo atordoa, confunde o pobre poeta: *Mais ou menos...* Então o místico explana melhor a coisa, no maior entusiasmo: *Tu Li Yu foi um chinês ancestral, cuja alma encarno há catorze anos... Por isso mesmo, marquei essa datação 'Ano 14'... E como estamos chegando ao equinócio de outono, teremos o Sol a ingressar em Libra, o meu signo... Já esse termo 'hisos' é uma senha só nossa, um código íntimo...* Pessoa fica ainda mais impressionado com o engenho dessa 'operação suicida', assim como começa a temer por seu alto grau de 'sinistrose'. Por sua vez, Crowley conclui a ideia geral da coisa: *O mais interessante é o seguinte; nós dois, meu caro 'partner', vamos escrever uma novela sobre esse caso – uma novela policial, a investigar esse mistério... Aliás, este pode ser o título: O Mistério da Boca do Inferno... Já pensou? Será um grande golpe publicitário, e o nosso livro vai vender aos milhões!* Pessoa sente um princípio de tontura, enquanto Crowley o abraça com sorrisos abertos, em seus ares demoníacos.

Escreveremos essa novela juntos, a quatro mãos?... A pergunta de Pessoa indica um 'sim' para Crowley: *Sim, mas teremos de usar algum pseudônimo, naturalmente... Depois, repartimos os lucros em partes iguais; faremos uma fortuna com isso, meu caro!...* Entre extasiado com a ideia de atuar num plano tão ousado, original, engenhoso, e a insegurança de que o golpe fracasse, Pessoa acaba topando – porém, sem muita convicção no sucesso de uma empreitada tão estrambótica, esquisita demais.

Todavia, em poucas semanas, essa dupla de improváveis embusteiros esotéricos coloca tudo em prática. E sua ideia ardilosa vira notícia em vários jornais portugueses, ingleses e até de algumas capitais europeias, estampando o 'suicídio passional do mago Aleister Crowley na Boca do Inferno, em Portugal'... Tudo é mesmo muito sensacional – menos para Fernando Pessoa que, já meio arrependido, começa a entrar num certo estado de 'insegurança latente'. Está ficando mais e mais angustiado com os possíveis desdobramentos da trama, e resolve convocar sua bem amada amiga Ophelia Queiroz para uma conversa ou um desabafo, numa praça do Chiado.

8

Com muita gente circulando em torno, pombos ciscando e revoando, mais alguma ventania outonal, o casal platônico se encontra e se senta discretamente no banco de uma praça no Chiado.

Pessoa é respeitoso e formal com sua Ophelia: *Minha cara, estou a precisar muito, e mais uma vez, de seus préstimos... Na verdade, de seu apoio, generosidade e compreensão.* Ophelia também, da mesma forma: *Ora, Fernando, somos mais que amigos, não precisamos de preâmbulos; vamos aos fatos...* Com certa dificuldade, ele vai abrindo o jogo: *Minha cara, deves estar a par da notícia do 'suicídio' do mago Alesteir Crowley, a quem recepcionei semana passada... Pois então, quero confessar que, na verdade, não houve suicídio, mas um 'sumiço' planejado – numa operação em que acabei como cúmplice...* A doce Ophelia vai arregalando os olhos, enquanto um Fernando arrependido continua com seu relato: *Para resumir, tudo não passa de uma armação, um golpe publicitário; eu e o mago arranjamos a coisa toda, já temos um jornalista na jogada, e ora vamos escrever um romance policial – tudo para auferir gordos lucros com essa 'história'... É incrível, mas é isso.*

Ophelia está muito perplexa, Fernando está meio vexado: *Sempre tive ciência sobre a insanidade do meu 'amigo' inglês – mas não ima-*

ginava que fosse assim tão ensandecido, a ponto de chegar a esse extremo! E o pior, não me imaginava tão tolo a ponto de aceitar tomar parte nisso... Atordoada, Ophelia procura as melhores palavras para aconselhar; por um instante, pensa em repreender o poeta; mas, pensando bem, não quer agravar sua já delicada situação... É preciso ser prática, Ophelia, e raciocinar com clareza: *Quer dizer que o mago suicida é um golpista vivaldino, com destino incerto e ignorado... E, na condição de seu cúmplice, estás a escrever um romance policial sobre essa farsa macabra...* Nada a acrescentar, seu Fernando: *Pois é.*

Depois de mais alguns instantes em silêncio, vem aquele conselho, em tom de súplica; no fundo, talvez fosse o que ele queria – ou mesmo precisava – ouvir: *Meu querido, saia fora desse embuste!... Tu não mereces servir às pretensões desse mago monstruoso, desse bruxo trapaceiro... Imagina, esse sujeito foi expulso da França, está a sofrer processos na Inglaterra – e ainda por cima, segundo dizem, pode estar a serviço dos alemães... Ou seja, o gajo tem bons motivos para intentar 'sumir no mundo' – e está a te usar com esse propósito... Sai fora dessa, homem de Deus!*

O problema, mais uma vez, é essa sua submissão fatalista a certas situações, meu bom Fernando, como se fosse alguma sina; é uma tendência recorrente, uma característica da personalidade do poeta: *Não posso, Ophelia, não tenho como... Me comprometi a escrever uma novela policial sobre o caso, em parceria com sir Crowley... Eu sei, é tudo um grande golpe, mas não deixa de ser brilhante... Vamos vender livros às mancheias, por meio de um suspense realista, porque embasado na própria razão de ser do enredo...* Ophelia se sente aflita, mas incapaz de encontrar uma solução imediata. Pessoa se sente como que atado ao destino: *Creio que agora é tarde, Ophelia; não tenho como recuar... Vou me encontrar com Crowley numa tabacaria, em Sintra. Lhe peço, naturalmente, que mantenha o mais total e absoluto sigilo em torno do assunto...* Pobre Ophelia, então só lhe resta chorar – por enquanto.

E enquanto Ophelia chora, Pessoa entrevê uma figura pálida, toda vestida de preto, cruzando a praça em esvoaçante correria: é ela, Miss Jaeger, a Mulher Escarlate... A loira passa a alguns metros dele, tão deslumbrante quanto atormentada, e logo sai de seu campo visual... Atônito e meio sem jeito, Pessoa pede escusas a uma agora duplamente desconsolada Ophelia: *Perdão, querida, mil perdões! Mas tenho que tratar de um assunto de urgência urgentíssima...* E parte apressado atrás da maga, deixando sua amiga só, encabulada, desentendida.

Por algum tempo, Pessoa persegue uma super apressada Miss Jaeger pelas ruas do Chiado, até que sua imagem fantasmática desapareça nesse cenário, entre os chapéus e casacos, rostos e sombras de outro dia cinzento... Frustrado por perder sua presa de vista, Pessoa vai pegar uma condução até Sintra, para o combinado encontro com Crowley numa tabacaria.

9

Chegando à tabacaria, Pessoa avista Crowley sozinho, envolto num echarpe, de chapéu e óculos escuros, discretamente lendo jornal e tomando café numa das mesas perto da porta de entrada. Diante dele há um tabuleiro de xadrez posicionado, pronto para uma partida. O poeta o cumprimenta meio sem graça, enquanto o mago tenta conter sua animação, para continuar passando despercebido: *Meu caro poeta, esse meu 'suicídio' é um sucesso! É decerto a notícia mais sensacional do momento!... Agora, para que seja um triunfo completo, mãos à obra; vamos avançar nessa novela policial...* Pessoa ainda se esforça para não transparecer insegurança com a situação do parceiro: *Sim, estamos na segunda etapa; mas qual é seu paradeiro, sir?...* Crowley o tranquiliza: *Estou incógnito, hospedado em casa de amigos influentes, aqui mesmo, em Sintra; são representantes da Shell Oil em Portugal – ou seja, gente acima de qualquer suspeita...* Crowley dá uma piscada para passar confiança, enquanto Pessoa tenta mudar de assunto: *Hum, parece que o senhor também aprecia o jogo de xadrez...* Crowley nem diz nada, apenas encara firme o adversário e move a primeira pedra.

Enquanto jogam, Pessoa se divide entre os movimentos no tabuleiro e na tabacaria, meio que meditando, talvez lamentando a vacuidade de toda existência, sobre a nulidade de se viver num mundo sem sentido – mesmo estando num momento de aventura... E para sua surpresa, Crowley parece captar seus pensamentos: *Ao que parece, os ares da tabacaria lhe evocam digressões metafísicas, meu caro... Sabia que mostrei à nossa misteriosa e deliciosa musa, Miss Jaeger, vários daqueles seus poemas inéditos, enviados por correio – incluindo um muito especial, chamado justamente Tabacaria?...* Desajeitado com mais essa lisonja, Pessoa não esconde seu contentamento: *Verdade? Ela aprecia Tabacaria, é?* Crowley menciona os primeiros versos:

Não sou nada.
Nunca serei nada.
Não posso querer ser nada.
À parte isso, tenho em mim todos os sonhos do mundo...

É um poema e tanto! E o senhor nem precisará de tanto talento para escrever nossa novela, nosso romance policial; afinal, trata-se de um estilo que requer uma coisa mais direta – embora algum floreio metafísico talvez venha mesmo a calhar... Pessoa engole a seco essas 'instruções', enquanto Crowley faz mais uma jogada e prossegue com sua orientação: *Proponho que termine a redação do plano da obra o quanto antes, para que tenhamos uma versão preliminar até sexta-feira; vou conferir esse planejamento em sua casa e, se for preciso, adequar o rumo do enredo... Que lhe parece?...* Pessoa é lacônico; toda a trama lhe soa mais e mais incômoda, de modo que agora esse homem sensível precisa ser – sem parecer – um hipócrita: *Sensato, sir, bastante sensato.*

10

É noite e Fernando Pessoa está só em sua casa, só em seu ofício. Sentado em meio a páginas de jornal e calhamaços de papel por toda a mesa, tenta redigir o primeiro capítulo da novela encomendada por seu comparsa. O poeta escreve em seu estilo peculiar, como quem faz anotações 'psicográficas', lutando com a realidade, como sempre. Na verdade, Pessoa está exausto, está em crise – e acaba perdendo a paciência: atira uma porção de páginas escritas para cima, para o lado, para todas as direções. Depois se reclina sobre a mesa, deprimido, e acaba adormecendo na amargura.

Algum tempo depois, ouve uma voz sussurrando poesia por trás de si; se vira e encara sua musa Miss Jaeger, ali mesmo, como outro anjo junto a si, bem embalada num vestido de suave seda roxa, com o cabelo pintado de preto sob um turbante dourado e o rosto bem maquiado; ela vem envolvente, recitando versos do poema Tabacaria num tom muito sedutor:

Janelas do meu quarto,
Do meu quarto de um dos milhões
do mundo que ninguém sabe quem é
(E se soubessem quem é, o que saberiam?),
Dais para o mistério de uma
rua cruzada constantemente por gente,
Para uma rua inacessível a todos os pensamentos,
Real, impossivelmente real, certa,
desconhecidamente certa,
Com o mistério das coisas
por baixo das pedras e dos seres,
Com a morte a pôr umidade nas paredes
e cabelos brancos nos homens,
Com o Destino a conduzir a carroça
de tudo pela estrada de nada.

E a maga emite a saudação misteriosa, para completar o clima de fascínio: *Hisos, Fernando, meu mais querido poeta! Vim buscar seu aconchego, pois me sinto tão insegura – afinal, eles já sabem sobre nós...* Cada vez mais perplexo e mais encantado, Pessoa tenta administrar a situação: *'Eles' quem, minha musa? São dois ou mais? E o que sabem sobre nós?* A resposta, suave como a seda do vestido, o deixa ainda mais confuso: *Aleister e Mugamba, querido; ambos os dois já sabem de nosso envolvimento, da ligação de nossas almas – quase a se consumar em paixão...* Pessoa já contava com a suspeita de um triângulo, mas não de um quadrado amoroso: *Mugamba?*

Miss Jaeger não dá mais trela às palavras, e o envolve entre amassos e beijos com certo ímpeto, virando a cabeça e o corpo de nosso poeta, de vez... Mas mesmo no calor do namoro, Pessoa não deixa de sussurrar sua aflição: *O mago nigeriano, o mago inglês, a maga alemã – todos me cercando em Portugal... Trata-se de alguma conspiração mágica internacional, decerto...*

Jaeger acha graça, e intensifica suas carícias com o poeta já dominado – até que, no auge do chamego, a moça tem outro surto paranoico, tão repentino quanto intenso, passando da mais doce sensualidade ao mais amargo desespero: *Pelo amor de Deus, me ajude! Os dois decerto estão aí, atrás de mim; eles já estão chegando!... Aleister deve estar bem perto – e se Mugamba aparecer também, de repente, estamos todos perdidos! Faça alguma coisa, Fernando! Agora!* Desconcertado pelo anticlímax, e encalacrado por tanta paranoia, nosso atônito poeta decide levar a maga em transtorno para um passeio – para ver se ela se acalma, enquanto pensa em alguma solução.

11

Pessoa caminha pelas ruas, amparando uma Miss Jaeger um tanto tensa e cambaleante; quando chegam ao Chiado, o poeta repara que um cinema reexibe Nosferatu, e o filme está em plena sessão. Ocorre a ele que aquele expressionismo todo talvez a distraísse, diluindo sua paranoia; então compra os ingressos, os dois adentram na sala com bastante público e se acomodam em poltronas mais dianteiras. Em poucos instantes, nosso poeta percebe que a tática, pelo jeito, funciona: a maga assiste ao filme magnetizada – embora ainda oscile, alternando entre seus sinais intermitentes de dor e delícia.

Entretanto, numa cena mais aterrorizante, a plateia se espanta e Miss Jaeger solta um grito extremo de horror. A maga então chacoalha a cabeça várias vezes, se volta para Pessoa e o acusa aos berros, em total descontrole: *O mago és tu! Só pode ser tu a encarnação de Mugamba! Seu monstro!... Que maldição...* Morto de vergonha, Pessoa tenta acalmar Miss Jaeger, enquanto vai retirando a moça surtada da sala de projeção. Quando saem do cinema, ele ainda tenta apelar à razão: *Miss Jaeger, pelo amor de Deus, por quem me tomas?...* Mas não tem remédio; a maga se desvencilha de suas mãos e sai correndo mais uma vez, desabalada pela noite de Lisboa... Cansado e frustrado, nosso poeta desiste de a seguir.

E mais uma vez caminha solitário pelas ruas cinzentas, pensando em talvez trocar alguma ideia em preto e branco com sua amiga Ophelia; afinal, no impasse em que se encontra – sem a menor motivação para escrever o enredo da novela, e sem maior perspectiva de romance com Miss Jaeger – começa a reconsiderar o conselho de sua amiga, quase um anjo da guarda em sua vida.

Mesmo assim, enquanto caminha, é inevitável: vai recapitulando a delícia dos momentos junto àquela maga em chamas em seus aposentos, poucas horas atrás; vai lembrando dos beijos, dos cheiros, da atração afinal correspondida, da excitação então prolongada... E assim começa a escrever, mentalmente, o que será seu raro poema a uma musa consubstanciada:

Dá a surpresa de ser
É alta, de um louro escuro.
Faz bem só pensar em ver
Seu corpo meio maduro.
Apetece como um barco.
Tem qualquer coisa de gomo.
Meu Deus, quando é que eu embarco?
Ó fome, quando é que eu como?

Na minha condição de anjo, me aflijo em mais compaixão.

12

Fernando Pessoa chega à casa de sua doce amiga e toca a campainha de leve, com medo de chamar muita atenção. Vestida em seu 'peignoir', a rapariga vem até a janela e lhe faz um gesto de espera.

Não demora e estão juntos ao portão, com Fernando desabafando: *Minha cara, creio que tens toda a razão; não posso levar essa loucura adiante... Pensei até em escrever uma novela 'policiária' com Abílio Quaresma, meu personagem 'decifrador', a investigar o tal suicídio em sua lógica indutiva; mas já não quero me envolver nisso, de jeito nenhum... Aleister é um sujeito egocêntrico demais, um manipulador, mesmo – só quer me usar para resolver coisas as mais complicadas que, sendo realista, muito mais lhe interessam...* Ophelia se sente aliviada pela virada na história: *Ótimo; diga o que devo fazer, ou como posso colaborar...* Ele se inspira e apresenta um plano de manobras diversionistas – que me parece bem interessante: *Estou com uma ideia bastante cavilosa, mas pode ser que dê certo; tu primeiro, e depois o João Carlos Gaspar, vão me ajudar a despistar esse mago inglês, dizendo que eu ando encarnando alguns de meus heterônimos – em encarnações que, como sabes, deveras me acometem, e com relativa frequência...* Ophelia parece vidrada na ideia; Pessoa vai expondo seu estratagema: *Pois bem; na próxima sexta, sir Aleister Crowley deverá me procurar em casa; estarei ausente, mas vou instruir o guarda do dia para lhe dar o seu endereço, Ophelia; e quando o inglês a procurar, diga que eu passei o encargo da nossa novela policial a um 'outro eu', Álvaro de Campos...* Ophelia se entusiasma: *Genial! Digo ao gordo mago que passaste essa incumbência a teu heterônimo, a teu 'outro tu' mais conhecido...* Pessoa arredonda a ideia: *Sim; e podes dizer a ele uns itens do 'prontuário', com alguns detalhes da vida de Álvaro de Campos... Assim forçamos o mago a procurar por meu 'outro eu', enquanto eu mesmo ganho tempo...* A doce Ophelia está vibrando com a ideia, ainda que conserve um certo receio: *Deus do céu, é uma ideia tão astuta, mas... Onde será que isso vai dar, Fernando?...* Sereno, nosso poeta manifesta seu estrutural pessimismo: *Ora, vai dar no paradeiro de todos os destinos – ou seja, no nada.*

Nessas horas, vale a pena ser um anjo, ainda que torto, acompanhando a maquinaria humana que move e comove Pessoa.

13

Na sexta-feira à tarde, um bem disfarçado Aleister Crowley caminha, entre cismado e apreensivo, por uma rua comercial na cidade baixa de Lisboa. Ele procura por um antigo ateliê de impressão, a Oficina Tipográfica Gaspar & Cia. Quando a encontra, trancada por uma porta pesada, em forma de grade de ferro, percebe um velho tipógrafo trabalhando ao fundo, decerto compondo os clichês de algum manual. Crowley toca a sineta e aguarda o sujeito, que vem a seu encontro bem devagar: *Presumo que seja o senhor Gaspar...* O tipógrafo assente com a cabeça, porém mantendo um olhar reservado por detrás dos óculos, enquanto cruza os braços sobre o velho e manchado avental, como quem espera uma apresentação: *Pois não...* Crowley continua sua introdução: *Caro, quem me deu seu endereço, e recomendou que o procurasse, foi dona Ophelia Queiroz, amiga do poeta Fernando Pessoa – aliás, amiga do poeta Álvaro de Campos, perdão... Ela disse que o senhor, Gaspar, saberia onde ele pode ser encontrado...* Gaspar o encara com uma certa contrariedade; ao que parece, o velho tipógrafo não vai muito com a cara do suspeito estrangeiro, de modo que desempenha seu papel a seu modo, com a maior desfaçatez: *Por acaso, o senhor seria o tal esotérico inglês, mister*

Aleister Crowley – a quem os britânicos chamam pelo triste epíteto de 'o homem mais perverso do mundo'?... O tom e o conteúdo não agradam nem um pouco, mas como Ophelia tinha mencionado Gaspar como o provável impressor d'O Mistério da Boca do Inferno, o mago decide tolerar a grosseria – e confiar no tipógrafo: *Sim, sou o maldito Aleister Crowley, em pessoa... Aliás, esse epíteto ainda vai se tornar meu epitáfio – até porque me agrada a repulsa que meu nome provoca nos súditos do Império Britânico; uma gente assim, tão covarde e conservadora, só poderia me considerar isso mesmo – um vilão universal, a besta encarnada, o opróbrio da humanidade.*

Gaspar acha a resposta divertida: *O 'opróbrio'... Pois sim! O senhor até pode ser uma encarnação do mal, mas pelo menos faz um uso bastante adequado do nosso vernáculo. E como ainda não deu cabo dessa sua vida – ilustre ou miserável, nem sei – só me resta convidá-lo a entrar em minha modesta oficina...* Mesmo com esse 'remendo', Crowley não se sente à vontade com o tipógrafo, mas adentra com certo alívio: *Prazer em conhecer, senhor Gaspar... Devo lembrar que precisamos manter absoluto sigilo desse encontro, para que a operação tenha pleno êxito; com certeza, esta será uma empresa exitosa o suficiente para o senhor também...* Ambos se sentam no pequeno escritório da oficina, e Gaspar vai falando sobre o livro – como se, de fato, o fosse fabricar: *Claro, bem sei da importância de sermos discretos; mas estava mesmo pensando numa questão; vamos imprimir essa obra, esse seu derradeiro livro, em edição bilíngue, suponho...* Crowley desconversa, pois está mesmo muito ansioso por encontrar o poeta: *Creio que sim; porém, antes de entrar nas tratativas da produção do livro, preciso saber o paradeiro do nosso amigo; Ophelia disse que talvez o senhor tenha uma notícia...* Gaspar o enrola direitinho: *Olha, o problema é que esse nosso amigo deveria se chamar Fernando Pessoas... Pois, como o senhor deve saber, ele é o mais singular dos poetas plurais, com sua incomparável capacidade de incorporar diversas personas literárias – e com tal perfeição que, posso assegurar, ele esteve aqui há poucas horas, mas não era o Fernando, não; era o Álvaro, em pessoa... Compreende?...* O mago vai ficando meio irritado e meio confuso com a conversa do tipógrafo, que aproveita para lhe presentear com uma edição dos poemas de Álvaro de Campos: *Vou lhe dar esse exemplar, para que o senhor possa se situar; repare que, nas páginas finais, há uma bem detalhada nota biográfica sobre o autor – o Álvaro, não o Fernando... Álvaro é um engenheiro lisboeta, bem versado na modernidade, bom herdeiro da melhor tradição racionalista ocidental... Um sujeito tão inteligente que, dizem as más línguas, jamais seria uma invenção de Fernando, muito pelo contrário; Álvaro é que teria criado esse heterônimo chamado Fernando Pessoa... Compreende?*

Crowley começa a perder a paciência com o emaranhado de personas, com a enrolação do tipógrafo, e responde com cinismo: *Fascinante...* E quase se enerva quando Gaspar lhe entrega a carta astral de Álvaro, desenhada pelo próprio Pessoa – ou teria sido pelo próprio Campos?... De qualquer modo, não deixa de reparar numa efeméride, num dado astrológico importante; pelo trânsito de Júpiter na casa três daquele mapa, incidindo sobre seu Mercúrio natal, Álvaro de Campos só poderia estar viajando (nós, anjos, entendemos os rudimentos da astrologia). O inglês reflete por um instante, e comenta: *Isso é realmente incrível... Esse seu avatar já não deve estar aqui em Lisboa – deve estar viajando pelo interior do país...* E chega a vez de João Carlos Gaspar exercitar seu cinismo: *Ora pois, e agora? Terá o poeta embarcado em viagem física ou metafísica, em deslocamento material ou espiritual?* Crowley, sem esconder mais seus ares de gângster, pressiona o tipógrafo para tentar obter alguma informação mais objetiva: *Ele mencionou alguma coisa sobre os manuscritos?* Acontece que pressionar, apenas, não resolve; pois esse Gaspar parece ter um talento especial para se fazer de desentendido: *Bem, talvez tenha ele mencionado alguma coisa a respeito, sim...* Crowley desiste de tentar achar uma pista, mas não deixa de advertir o tipógrafo, mais uma vez: *Senhor Gaspar, ninguém pode saber desse nosso projeto, muito menos dessa minha passagem por aqui, não é?... Posso mesmo contar consigo?* Em resposta, João Carlos Gaspar parece estranhamente solidário: *É claro que sim, dear mister Aleister Crowley; para todos os efeitos, o senhor é um 'cadáver adiado' – um homem Mortinho da Silva, como se diz... Suicidou-se outro dia mesmo, na Boca do Inferno, mas encontra-se em ótimo estado...* Crowley perde, de vez, a paciência: *Com todos os demônios, o senhor preste bem atenção; eu preciso saber onde está a pessoa de Álvaro... Ou em que campos foi parar o tal Fernando... Será que o senhor poderia me dizer – diretamente, sem qualquer tipo de variante?* De fato, o mago lhe foi desagradável; mas isso não demove o velho tipógrafo de sua boa conduta: *Como o senhor mesmo anteviu pelo mapa, nosso amigo está a viajar; o problema, como o senhor também já sabe, é que nosso amigo*

– agora mesmo – talvez já não seja ele mesmo... Pois ao fingir que é outro, ele o incorpora de tal maneira que a coisa vai muito além do fingimento; ou seja, o que ele finge passa a ser aquilo que deveras sente, fingindo até mesmo que está fingindo!... É algo muito sério, é coisa que só mesmo um português é capaz de entender – embora alguns russos sejam muito perspicazes nessa matéria, também... Portanto, mister, em outras palavras, o poeta em questão está a variar para valer; e quando uma variante encarna na outra, só Deus sabe qual delas prepondera.

Crowley parece virado do avesso: *Quanta patifaria...* Gaspar sequer se altera com seus maus bofes: *De qualquer modo, tenho uma informação que talvez interesse ao senhor mago; nosso poeta me confessou que o tal manuscrito está lhe dando muito trabalho, pois essa sua novela imoral – digo, imortal – sobre esse seu imorredouro ato suicida, vem acendendo sua geminiana – ou seria libriana? – ambiguidade autoral...*

Crowley, afinal, desiste – e faz uma pergunta que parece direcionada a mim mesmo: *Será o Capeta!?*

14

A noite vem com alguma névoa em Lisboa, e Fernando Pessoa está numa mesa de bar, tomando um porre. Tem entre as mãos o calhamaço com os originais da novela, que já não consegue continuar. Pensa em Ophelia, na Mulher Escarlate, pensa no mago inglês. Na condição de anjo ocasional, ouço seus pensamentos meio desesperados, com aquela sua conhecida carga autodestrutiva: *Mas que sujeito mais desastrado eu sou, meu anjo-da-guarda!... Como fui me meter nessa merda de empreitada!? E, ainda por cima, a envolver a minha doce Ophelia Queiroz em mais esse infortúnio... Mas que tolo, mas que homúnculo irrisório serei eu? E onde foi parar a tal Mulher Escarlate, nesse mundo? Essa maga tentadora, que não me sai da cabeça nem por um minuto... E ainda esse tal farsante, esse esotérico dos diabos – que, ainda por cima, está agora a me perseguir!... Meu Jesus, o que foi que eu fiz? E o que é que eu faço aqui, agora, a beber como um coitado, envergonhado de mim mesmo, entregue à mais megera autocomiseração... Como mais um ébrio à margem da vida, sem amparo ou guarida; um infeliz vulnerável, pronto para ser capturado nessa condição; certamente, serei motivo de chacota nas bodegas da cidade, mais uma vez... 'Fernando Pessoa visto a beber num bar, em flagrante de litros'... Ou seria algum de seus heterônimos? Quem sabe, algum poetinha imaginário do seu alter ego... Ou então um serzinho encantado, desses que o poeta houve por bem ter inventado – pelo simples fato de não suportar o fardo, o carma, a dor de conviver consigo mesmo... Ele e essa sua dor de poeta fingidor, que finge sentir que é dor, a dor que deveras sente.*

Pessoa dá um tapa no tampo da mesa, com força; tomba a cabeça ao lado da garrafa e chora amargurado; o quadro completo. Se fosse um filme, seria a visão de um anjo que vai recuando para o firmamento, como a imagem da câmera que se afasta lentamente, e assim revela todo o bar, mostrando algumas pessoas incomodadas com a incontinência de Pessoa, além de outras mais distraídas, nem ligando para a cena. Ouvimos os acordes de um fado, que começa a tomar conta do ambiente, sem saber de onde essa música vem. É desolador; até dá vontade de abandonar esse cara a seu destino; mas um bom anjo não faria uma coisa dessas, claro que não... Não ainda.

15

Na manhã seguinte, Ophelia Queiroz está no quintal de sua casa, recolhendo roupas do varal. Está tranquila entre as sombras e os raios de sol, compondo uma cena de serenidade, até que um 'undercover' Aleister Crowley lhe aparece de repente, surgindo por detrás de um lençol branco que ela acaba de recolher; a moçoila leva um baita susto – mas não se mostra indefesa: *Deus do céu, pensei que fosse um fantasma, mister... Crowley, não é mesmo?... Diga lá, em que posso lhe ser útil?...* Entre sinistro e irritadiço, nosso mago vai direto ao assunto: *A senhora decerto já sabe da gravidade, da delicadeza da situação; o senhor Pessoa anda sumido, assim como estou clandestino, de modo que urge desembaraçar as coisas... Então, por favor, preste bem atenção; se eu não tiver um encontro com seu dileto amigo, em breve a situação vai se complicar sobremaneira... Sua vida pode virar um inferno, ou melhor, um prato cheio para as maldades do Diabo, do Cão, do Capeta; de Satanás, Lúcifer, Belzebu, Asmodeus – ou seja lá qual for o nome que deem ao demônio as raparigas portuguesas... Portanto, seja razoável, minha cara; lhe peço encarecidamente o obséquio de responder com clareza, de uma vez por todas; qual é a verdade sobre o paradeiro de nosso múltiplo e variado poeta, dona Ophelia?...* Entre o medo e a astúcia, Ophelia tenta resistir à pressão: *A Polícia Portuguesa tem uma unidade especial, bem treinada para encontrar 'pessoas' desaparecidas... O senhor bem que poderia tentar...* Crowley sente a sugestão como provocação: *A senhora ousa me desafiar?* Ophelia percebe um princípio de fúria, pensa um instante e muda de tática; melhor tentar despistar o mago, mais uma vez: *Olha, eu vou ser bem sincera consigo: quanto mais acuado se sente, mais o senhor Fernando Pessoa muda de identidade, sabes? É uma mania renitente, ou um desvio de personalidade, que enlouquece a todos nós, mister Crowley – eu que o diga!... De modo que, o senhor não tendo encontrado Fernando Pessoa e nem mesmo Álvaro de Campos, talvez seja o caso de procurar pelo doutor Ricardo Reis... Já ouviu falar?* O mago Crowley calibra sua paciência, e finge levar a sério: *Ricardo Reis... Sei...*

Entre uma aparente ingenuidade e sua natural ansiedade, Ophelia reforça seu argumento: *Eu não tenho culpa nenhuma dele ser assim, mister Crowley; isso é da sua natureza, é como as coisas são na cabeça dele... Portanto, se quiser tentar essa outra alternativa, lhe adianto que o doutor Ricardo Reis costuma tomar uns tragos com seu velho mestre, o doutor Ulhoa Silvestre, professor da Faculdade de Medicina... É a pista mais segura que poderia lhe oferecer nesse momento, dadas as peculiares circunstâncias – pois, nessas ocasiões, Pessoa se fragiliza, e só lhe resta apelar para a tradição, para o conservadorismo e para a bebida... Então ele 'incorpora', resignado, a persona de Ricardo Reis – e isso lhe traz um provisório equilíbrio, lhe dá alguma sensação de segurança... Compreende?*

Crowley vai saindo de cena, bastante contrariado, fazendo suas ameaças: *Eu realmente preciso por as mãos nesses manuscritos, dona... E espero, de coração, que isso não seja outro embuste, outro disparate, dona... Digo isso para o vosso bem.*

16

Num velho laboratório da Faculdade de Medicina de Lisboa, entre antigas estantes de livros e pastas atulhadas de papéis, entre velhos armários com equipamentos e ilustrações didáticas pelas paredes, encontramos o venerando professor Ulhoa Silvestre diante de sua bancada, seu microscópio, suas lâminas e as mais diversas anotações. Meio descabelado, tem os óculos de lente grossa e veste um jaleco puído demais, que quase contrasta com seus ares aristocráticos. Ulhoa examina atentamente um batráquio dissecado, quando percebe a entrada de um sujeito grandalhão em seu capote preto; a presença incômoda do mago inglês, adentrando em passadas largas, torna o ambiente ainda mais estranho. Ulhoa faz um comentário irônico, porém constrangedor, como se evocasse a presença da própria morte: *Bem, já não era sem tempo; afinal, parece que chegou a minha hora...* Do seu jeito, Crowley entra na onda: *Ora, professor; não sejamos tão funestos... As sombras da morte não lhe seriam assim tão alinhadas, tão aparentáveis...* Ulhoa se diverte, e deriva pela filosofia: *Acontece que a morte não passa de uma velha embusteira, senhor; assim como o demônio, ela pode se travestir de muitas formas; ela sabe usar seus disfarces, suas máscaras – e até mesmo seus heterônimos, se for o caso...*

Mas em que posso lhe atender, prezado... Antevendo mais contrainformação, nosso mago escaldado se apresenta – sem esconder sua desconfiança: *Meu nome é Crowley, Aleister Crowley... Creio que o senhor deve saber por quem procuro...* Ulhoa não demonstra nenhuma reação, e faz que não faz ideia do que se trata: *Muito prazer, me chamo Antônio de Ulhoa Silvestre... Posso perguntar o que o arrastou até esse sombrio esconderijo do mundo?* Crowley vai direto ao assunto: *Professor, soube que o senhor tem boas relações com um médico e poeta chamado Ricardo Reis – que, na verdade, talvez seja mais uma das 'personas' de Fernando Pessoa...* Ulhoa se agrada da lembrança do amigo, e responde à sua maneira: *Ah, uma figura, de fato, admirável... Autor de versos os mais notáveis:*

> *Desejo ao menos que me haja o Fado*
> *Dado a paz por destino.*
> *Da verdade não quero*
> *Mais que a vida; que os deuses*
> *Dão vida e não verdade, nem talvez*
> *Saibam qual a verdade.*

Crowley tenta fazer o jogo da ambiguidade: *Pois é, a beleza é descobrir, saber a verdade... Platão defendia que 'o belo é o resplendor do verdadeiro'...* Ulhoa não perde o embalo, e segue com sua verdade poética: *Saber a verdade, eis a questão, sir! Nesse aspecto, vale lembrar os versos de Shakespeare:*

Quando minha amada jura ser verdadeira
Eu creio, embora bem saiba que ela mente
E pense ser eu um sujeito inconsequente,
Que desconhece as falsas nuances do mundo.

Ulhoa de fato conhece o gosto dos anjos. E logo se volta para o batráquio em que fazia sua vivissecção; estimula seus nervos com uma pinça brilhante, e faz questão de mostrar a reação neurológica ao mago: *Veja que interessante; este animal está tecnicamente morto... Mas ainda é capaz de manifestar reflexos impressionantes, por meio de simples estímulos nevrálgicos...* Crowley, entre a atenção e o tédio, balbucia: *Interessante...* Ulhoa gosta do que faz, e gosta de conversar sobre o que faz: *Não é mesmo?... Sabe que o próprio Sigmund Freud passou anos pesquisando o curioso sistema nervoso de sapos como esse, antes de mergulhar nos segredos da mente humana...* Crowley aproveita a deixa: *Por falar em segredos, o professor teria notícia do paradeiro de seu amigo, o doutor Ricardo Reis?* Ulhoa responde prontamente: *Ora, então o senhor não sabe? Nosso ilustre médico e poeta exilou-se voluntariamente – lá no Brasil... Monarquista convicto, como sempre foi, não suportou o advento da república em Portugal. E hoje vive tranquilo nos trópicos, na encalorada cidade do Rio de Janeiro, talvez em busca de seu paraíso perdido...*

Crowley mal consegue disfarçar seu mal estar com a notícia, e vai botando o chapéu, se preparando para sair: *Brasil, é?...* Ulhoa complementa, com mais uma vaga ironia: *Brasil, sim – a invenção mais extravagante de Portugal...* Crowley insiste, mas por outro ângulo: *E o tal Fernando Pessoa, inventor desse tal Ricardo Reis, por onde anda?...* Ulhoa se diverte com as possibilidades do jogo de pistas falsas, com seus pequenos enigmas: *O tal Fernando Pessoa, decerto, está ancorado em algum boteco... Ou em alguma biblioteca... Ou talvez possa ser que, nesse horário, esteja em visita a dona Maria Franca, sua cartomante preferida; vai saber!... Se quiser arriscar, tenho aqui um cartão de visitas dela...* Crowley, mais uma vez, desabafa: *Cartas na mesa – era tudo o que eu queria... Mas os portugueses se negam a abrir o jogo, não é mesmo, doutor?...* Ulhoa lhe dá o troco, à sua maneira: *Talvez; acontece que um certo floreio sentimental nos agrada sobremaneira, meu senhor... Por outro lado, nós aqui não somos chegados em fantasmas e assombrações – não como os ingleses... Temos formas menos lúgubres de nos relacionar com o além.*

Aborrecido por mais um encontro com o desencontro, Aleister resolve sair 'atirando': *Pelo menos nossos fantasmas são o que são, não têm múltipla personalidade... De qualquer forma, agradeço ao professor pela indicação...* Ulhoa se dá ao luxo de parecer desapontado: *Já vai, senhor mago? Mas ainda nem lhe apresentei meus cadáveres de estimação...*

17

De volta às ruas, o incógnito Crowley caminha meio desnorteado, feito um vampiro em ziguezague, quase sem rumo. Nosso mago se sente ludibriado, e parece estar variando: cisma entrever Pessoas entre os transeuntes, a cada tipo esquálido que cruza seu caminho, aumentando sua íntima, incômoda confusão; nessas horas, as pessoas parecem assombrações. Na condição de anjo, dá até vontade de interferir – mas não posso, nem devo. Do seu jeito, nosso mago vai tentando colocar a mente em ordem; pega no bolso o cartão de visitas, confere o endereço e toma um táxi até Cascais.

Desembarca numa antiga vila, onde encontra a pequena casa de dona Maria Franca, cartomante de meia idade. Ela é uma mulher de pele cor de cobre, alta, esbelta, exótica, envolta em seu vestido estampado em padrões africanos, toda adornada, bem maquiada; ela recebe o cliente com a maior simpatia, e convida a entrar em sua casa-consultório, decorada com pinturas e esculturas da África ocidental: *Se o senhor vem em boa paz, seja muito bem-vindo!* Depois de tanto bater cabeça nos círculos pessoanos, Crowley afinal se sente bem acolhido: *Muito amável, dona Maria, muito obri-*

gado... Normalmente, eu mesmo viro as cartas do meu destino – mas na circunstância especial em que me encontro, é melhor contar com os préstimos de uma profissional independente, 'descontaminada', se é que me entende... De fato, flui a maior simpatia entre ambos – e Crowley quase entra em êxtase quando essa sorridente Maria Franca põe na mesa o Tarot de Thoth, desenhado pelo próprio: *Mas que coisa incrível! A senhora trabalha com o meu baralho!* Ela também não acredita: *Sério, mesmo? O senhor é Aleister Crowley, o mago britânico?* Orgulhoso, ele respira fundo e responde: *Em pessoa! E este baralho é de minha autoria; é inspirado nas revelações da Ordem Hermética da Aurora Dourada – modéstia à parte, é o tarô mais apropriado para adivinhações nessa Era de Aquarius, que vem chegando...* Além de ignorar por completo a coisa do 'suicídio', Maria se entusiasma por receber uma personalidade que tanto admira, sem restrições: *Que coisa mais fantástica! É uma honra atender a um mestre das artes divinatórias.*

Para estender seu regozijo, Crowley expõe os fundamentos de seu baralho: *Repare que estas cartas renovam o repertório secular dos tarôs antigos, medievais e renascentistas; nós conjugamos alguns fatores mais herméticos, mais cabalísticos, ampliando o significado de cada lâmina... Além disso, nosso Tarot de Thoth associa as cartas aos elementos, aos planetas da astrologia tradicional, aos doze signos zodiacais... Gosto de pensar que será, doravante, reconhecido como o tarô da nova era.*

Maria se anima ainda mais, e se concentra para uma leitura proveitosa: *Maravilha, senhor Crowley; vamos abrir os trabalhos em alto astral...* Ela acende um incenso indiano, serve um copo d'água perfumada em lótus, prepara o maço para a abertura do jogo; pede para que o mago trance as cartas, corte o baralho em três montes e vire na mesa a primeira carta de cada um... Assim que identifica os arcanos, Crowley suspira – como quem, afinal, desvenda um enigma: *Hum*... Feitiço e feiticeiro se encaram pelas cartas, frente a frente.

Maria Franca passa a interpretar: *Esta primeira carta se refere ao passado, como o senhor bem sabe; e aí aparece um Sete de Ouros, arcano que remete a Saturno em Touro; portanto, remete* à *ideia de 'falência'*... Crowley comenta de passagem: '*Netzach*'... Maria prossegue: *Seu significado é, literalmente, fraqueza financeira*... Crowley se desagrada com a carta: *Sim, os discos estão dispostos na forma da figura geomântica de Rubeus, a mais horrenda; é como se as coisas estivessem estragadas*... Maria complementa: *Fica evidente que, nos últimos tempos, o senhor passou por sérios revezes financeiros... Mas vejamos a segunda carta, referente ao momento, ao presente; é a Princesa de Copas, arcano que representa a parte terrena da água, a capacidade de cristalização; significa uma ideia nova a ganhar substância, para que se possa transmutar uma realidade... A princesa aí aparece a dançar, vestida em trajes esvoaçantes, em cujas bordas se formam cristais. Ela se torna esse belo cisne de asas abertas; ela dança num mar junto a um golfinho, e da taça que ela carrega emerge uma tartaruga – o animal sagrado dos hindus, capaz de suportar o peso dos elefantes... Tudo nessa princesa é graça e doçura, gentileza e bondade; tudo nela remete a uma atmosfera de sonho e fantasia, esperança e entusiasmo... É como se estivesse o senhor a conviver com pessoas aparentemente apaixonadas por sua companhia, por suas ideias – mas, por isso mesmo, se sente anestesiado, iludido com a ideia de arranjar alguma 'solução mágica' para essa sua falência financeira...* Crowley fica desconfortável com o 'diagnóstico', mas tudo está claro; ele tem que assimilar o golpe... Maria parte para o futuro: *Já a Princesa de Espadas, que aqui traduz o que está por vir, tem a ver com a parte terrestre do elemento ar, ou seja, com a fixação daquilo que é volátil... Essa Princesa, com seus cabelos de Medusa, com uma serpente em forma de crista, traz consigo a ira dos deuses... Ela está diante de um altar estéril, para vingar o profano com sua espada... Céus e nuvens prenunciam um clima pesado...* Bastante ressabiado, Crowley comenta o vaticínio: *Vingança...* Ainda que a contragosto, a cartomante se sente obrigada a concordar: *Vingança, sim... O senhor sabe como essa Princesa é vingativa, e o quanto pode ser destrutiva... Ela age com sabedoria e destreza, sobretudo quando lida com assuntos controversos. Na verdade, ela arma a confusão para operar sua vingança... É como se o senhor tivesse figurado uma solução que parecia esplêndida para resolver sua falência – mas termina encontrando uma resistência insidiosa, uma coisa armada no reino da intuição feminina... E então acaba por se envolver em controvérsias insuperáveis, que ainda podem culminar numa solução violenta – que consagrará a vingança da Princesa.*

Por um tempo, Crowley observa as cartas na mesa, pensativo; super atenciosa, Maria Franca lhe oferece um chá de mandrágora, que muito lhe agrada... Ele toma devagar, pensa mais um pouco e solicita mais uma carta: *Era bom tirar mais uma lâmina, para clarear o desfecho de nossa 'equação divinatória'...* Maria reúne as cartas e embaralha o maço, espalmando todas as lâminas em círculo, para que Crowley retire uma só; e ele puxa um arcano maior, o Louco, dando margem a uma interpretação convincente por parte de Maria Franca: *Bem, o senhor conhece o signo dessa carta, muito melhor do que eu; o Louco representa alguém que toma um caminho meio aleatório, sem medir muito bem as consequências, os desdobramentos futuros da jornada... E as coisas menos previsíveis acontecem – aliás, acontece de tudo na viagem do Louco, menos o que o viajante havia previsto... É uma carta que diz muito sobre nós, cartomantes, astrólogos, andarilhos; e uma carta que, pelo lado prático, representa as vicissitudes de uma viagem mal planejada, onde tudo dá tão certo quanto errado, enquanto mil e uma peripécias entram a acontecer... Tudo pode terminar num desastre, bem como na celebração de uma grande festa... Faz sentido para o senhor, mister Crowley?...* O mago apenas conclui, resignado: *Mais do que imaginas.*

Nós três nos sentimos meio frustrados com os presságios: a cartomante, o mago, o anjo.

18

Aleister Crowley dorme no quarto de hóspedes da casa de seus amigos em Sintra, onde se resguarda em anonimato. Ao romper a aurora, o mago se sobressalta por um sonho feérico, em que participa de uma grande festa camponesa no interior de Portugal. E debaixo de uma imensa lua cheia, estampada em céu cristalino, dezenas de festeiros cantam e dançam ao som de canções bem tradicionais, no embalo de emoções primitivas, na cadência dos gestos espontâneos – até que começam a praticar rituais pagãos, em linguagem mais sensual, quase uma coisa explícita. E numa quadra onde amassam uvas, Hanni Jaeger se diverte à vontade com um aldeão, um tipo rústico o bastante. Crowley pergunta a uma senhora, vestida em seus trajes folclóricos, quem é aquele rapaz dançando com a bela loira, e ouve uma resposta com precisão literária: *'Esse é Alberto Caeiro, nosso poeta da vida campônia, das coisas brejeiras'*... O mago salta da cama todo suado, com um forte palpite: *Esse Fernando Pessoa só pode estar em alguma aldeia, encarnado no camponês que inventou.*

Poucas horas depois, nasce mais uma manhã cinzenta. Aleister Crowley segue determinado, rumo à casa de Ophelia Queiroz, para fazer outra pressão em seu estilo 'durão'. E quando a boa moça vem ao portão, recebe logo uma prensa, temperada com seu peculiar cinismo britânico: *Alguma coisa me diz que o nosso valente poeta pode estar 'incorporado' no interior do país, em sua versão mais bucólica, em seu camponês mais 'naif', imerso em estado de pureza... Apegado ao universo telúrico duma pitoresca paisagem campestre, num mundo ainda não corrompido pelos males urbanos, onde a fé e a tradição falam mansamente ao coração dos homens, Fernando restaura os sentidos assim, travestido em Alberto – não seria esse o seu avatar rural?*

Constrangida, Ophelia o adverte: *Sim, ele mesmo, com certeza; mas encarnar esse poeta seria a coisa mais impossível para Fernando...* Crowley chega a bufar com a resposta, aparentemente evasiva, até que a moça emenda: *Por um motivo simples; Alberto Caeiro morreu de tuberculose, quinze anos atrás...* O inglês desconfia de mais uma armação, mas não desanima – muito pelo contrário: *O sujeito está morto, é? Esplêndido! Eis o motivo mais que perfeito para Fernando incorporar seu espírito, lá em sua aldeia... Vambora, Ophelia! Serás minha guia... Vamos seguir viagem agora mesmo...* Dessa vez, Ophelia é quem fica refém do enredo: *Vamos para onde, para o Ribatejo?...* Crowley se anima: *Se é esse o paradeiro do poeta, embarcamos logo no primeiro trem; em qual cidade se encontra o bardo?* Disposta a encerrar de vez com a perseguição, Ophelia confessa o esconderijo, por pura intuição: *Nos arredores de Abrantes, numa quinta chamada Estrelada, uma herdade de parentes distantes.*

19

Aleister Crowley e Ophelia Queiroz viajam no trem rumo a Abrantes, numa mesa do vagão restaurante. A moça toma refresco de framboesa e reza em silêncio, enquanto o mago toma absinto e aprecia a paisagem. É uma bela tarde, e seus pensamentos mágicos como que divagam pelos campos, variando entre os rituais pagãos e as graças naturais que ele espera encontrar logo mais, na quinta de seus sonhos. Aleister Crowley adora imaginar mitos diversos em seus devaneios, compondo cenas alumbradas com faunos e hermas em enlaces sensuais, sempre em meio à natureza.

A dupla improvável desembarca na estação e já embarca numa pequena charrete, no rumo de uma estrada vicinal. Uma mula branca os conduz num trote, guiada por um cocheiro que entoa uma espécie de lamento camponês, muito intrigante aos ouvidos dos passageiros. Crowley continua excitado com a viagem; saca do bolso um inalador de rapé, ergue a cabeça e aspira um pozinho suspeito por uma de suas largas e peludas narinas. Ophelia olha a cena com alguma repulsa, o que acende o sadismo de Aleister; ele estende a mão e oferece uma cafungada, com seu olhar meio enviesado, quase malévolo. A moça declina, com expressão de desgosto.

Na última luz do dia, enquanto os viajantes seguem entre suas psicodelias e ansiedades, a charrete vai chegando à Quinta Estrelada, situada num fundo de vale. Quando a dupla desembarca, percebe que se trata de uma espécie de quermesse permissiva, em plena euforia. Um par de saltibancos os saúda na maior efusão; Crowley se sente em êxtase crescente, enquanto Ophelia beira o desespero. Os dois atravessam um extenso terreiro, até chegar perto do palco onde se reúne uma pequena multidão; aos poucos, percebem que se trata de uma montagem teatral despojada, amadora, artesanal, tendo como tema o Menino Jesus. Ouvindo as primeiras falas, fica claro que a peça se baseia num poema de Alberto Caeiro. Crowley parece ter exagerado no entorpecente, pois passa a ver coisas demais na encenação, e vai dando risadas compulsivas. Um narrador declama trechos do poema, enquanto os atores improvisam à vontade:

Ele mora comigo na minha casa a meio do outeiro.
Ele é a Eterna Criança, o deus que faltava.
Ele é o humano que é natural.
Ele é o divino que sorri e que brinca.
E por isso é que eu sei com toda a certeza
Que ele é o Menino Jesus verdadeiro.

20

Embora tenha se divertido com as altas perfomances sobre as pequenas heresias do poema, Crowley acaba se fartando com aquela coisa cristã demais. No fundo, se sente cansado de conviver com tanta estética pessoana, de modo que resolve pressionar Ophelia, mais uma vez, para que confesse onde está Pessoa, no meio daquela azáfama. Assustada, a moça responde que não tem nada a ver com a excursão, e que não faz ideia de como ou onde se pode encontrar o poeta.

Sua evasiva é o suficiente para uma explosão repentina do mago inglês; num ataque súbito, Crowley invade o palco e parte para o ataque aos possíveis 'Pessoas' que vê pela frente, batendo até mesmo no pequeno ator que interpreta o Menino Jesus. Naturalmente, isso acaba criando uma revolta geral, com atores e pessoas do público contendo Aleister pela força; nosso mago é imobilizado no meio do palco, mas ainda imagina ver Pessoas e heterônimos por todo lado. E só consegue repetir um resmungo, quase rosnando, com amargura: *Demônios... Demônios...*

(Na verdade, o mago está parecendo um demônio de Bruegel; uma besta repugnante, entre babados e grunhidos, compondo uma cena desagradável – sobretudo para mim, um suave e delicado anjo neobarroco que, flutuando no enredo, observo a coisa toda).

21

Crowley se sente como um missionário inglês em alguma colônia tropical, capturado e amarrado para um sacrifício ritual, crepuscular, em meio a uma tribo primitiva. Muitos aldeões o cercam empunhando tochas, e ele os encara com raiva. Está vivendo um pesadelo real, digno das piores viagens que já fez, entre tantas drogas pesadas e poções mágicas. E para completar o quadro, vestida como um ser elemental, como uma extravagante deusa da fertilidade, surge a loira fatal – Miss Jaeger. Ela vem com um punhal nas mãos, coisa que provoca um misto de fascínio e medo no mago, além de um pensamento muito singular: *Já imaginei toda sorte de morte para mim mesmo, mas nunca em sacrifício – ainda mais pelas mãos de uma deusa doida...* Ophelia se aproxima de Hanni, e ambas encaram Aleister como quem o condena, saboreando a vingança sem dizer palavra. E as pessoas em volta, mais do que nunca, lhe parecem Fernandos, Álvaros, Ricardos, Albertos...

Quebrando o silêncio, Miss Jaeger faz uma citação caeira:

O Mundo não se fez para pensarmos nele
(Pensar é estar doente dos olhos)

Mas para olharmos para ele e estarmos de acordo...
Eu não tenho filosofia: tenho sentidos...
Se falo na Natureza não é porque saiba o que ela é,
Mas porque a amo, e amo-a por isso,
Porque quem ama nunca sabe o que ama
Nem sabe por que ama, nem o que é amar...
Amar é a eterna inocência,
E a única inocência é não pensar.

22

Numa tarde sombria e chuvosa, no aconchego de sua casa na Inglaterra, Aleister Crowley dorme num sofá junto à lareira, o fogo crepitando de mansinho. Nosso mago sonha estar chegando ao que seria o velório de Fernando Pessoa; numa casa funerária simples, cercado por longas velas, vestido num terno escuro, o cadáver do poeta está lá, acomodado em modesto caixão. Crowley se aproxima, e Pessoa abre os olhos de repente, para lhe encarar fixamente, para lhe falar diretamente: *Como dizem na África, as pessoas de uma pessoa são múltiplas na pessoa...*

Crowley acorda muito assustado. Se fosse um filme, ouviríamos 'Sympathy for the Devil' com a entrada dos créditos de encerramento sobre as labaredas, em câmera lenta. E ficaria fácil entender que anjos são demônios, cheios de compaixão.

(SOBRE O AUTOR)

José Alfredo Santos Abrão é paulistano (n. 1958), formado em Letras pela PUC-SP (1984). Começou como roteirista de programas teleducativos e culturais nas fundações Padre Anchieta e Roberto Marinho, em São Paulo. Depois foi redator em diversas agências de Florianópolis, onde viveu por vinte anos. Também escreveu e dirigiu alguns filmes e documentários, em curta e média metragem. E participou de algumas exposições de desenho em São Paulo, Curitiba e Florianópolis.

Em literatura, publicou os livros de poesia **Pegadas de Palavras** (1991) e **Dias com Nuvens** (1999) em edições do autor, bem como **Três Poemas Esparsos em Tercetos Imperfeitos** (2019) pelo Estúdio SemPrelo, de Florianópolis. Em prosa, lançou a novela **Outro Norte Profundo** (2012) pela Barabô, de Salvador, além de **Cronomáticas e outros contos** (2016) pela Cepe, do Recife – obra que recebeu menção honrosa no III Prêmio Pernambuco de Literatura. Lançou ainda o volume **Sete Relatos Enredados na Cidade do Recife** (2019) pela Laranja Original, de São Paulo.

Sua novela **Andares Entre Dois Andrades** (2018), ainda inédita, foi classificada em primeiro lugar no último certame literário realizado pelo Ministério da Cultura, o Prêmio 100 Anos da Semana de Arte Moderna (2018). E seu poema longo **Ave Nossa Senhora da Independência** (2019) foi um dos ganhadores do Prêmio 200 Anos de Independência (2019), promovido pela Secretaria Especial da Cultura, vinculada ao Ministério da Cidadania.

José Alfredo vive e trabalha no Recife (d. 2012), onde atua em produção cultural e presta serviços de comunicação.

Impresso em papel Pólen Bold 90gr m^2,
tipologia Adobe Caslon Pro 12/16, no inverno de 2020.